Cristian Segnalini

&

Pierpaolo Mingolla

¡BIS!

SEGRETI

Molti segreti sono seppelliti nella mia pelle.
L'innocenza è stata bruciata
E mi sono arreso dinanzi ai miei peccati.

Ti sei mai sentita mancare l'aria?

Tutto questo amore è stato solamente
Un piccolo travestimento.

Ho corso verso molti confini
Alcuni dei quali
Mi hanno trasformato in cenere
E distrutto le mie ali.

Assaporo il profumo delle tue lettere
Non sono forse divenute una parte di me?
O fanno parte di un qualcosa che mai avrò?

I miei difetti sono stagionati
Forse avrei avuto bisogno di una ragione
Ma ho smesso di provarci
Ma sono sicuro che se ti fermassi a parlare
Forse qualcosa potrebbe cambiare.

Sono stato il seme del male
Che ha alimentato il tuo bisogno di colpire.
Ho visto la tua caduta
E ne ho perso il controllo
Ma ora guardami negli occhi e dimmi
che non vuoi provarci.

Ho ucciso la mia speranza
Prima di poterti lasciare andare.
Sono stato venduto in cambio della tua salvezza
E punito per il mio amore
Ma non temere
La mia Anima è stata venduta molto tempo fa

In cambio della mia pietà
Ma ammetto che avrei preferito non scoprire
Come anche gli Angeli sappiano mentire
Pur di non perdere il controllo.

Cristian Segnalini

SEGRETI

La maschera dei miei peccati
è stata assolta.
I sigilli sulla pelle
nascondono gli spiriti del mio passato.
Nel vuoto dell'amore
le piume hanno preso fuoco.
Ho inspirato la cenere
delle tue parole,
nel dubbio di averti,
nella certezza di appartenerti.
Ascoltami! Resta...
Sono schiavo dei miei errori,
vittima delle mie imperfezioni,
sorgente dei tuoi dolori
che colpiscono e fuggono via.
Sei stata mia,
negli occhi stanchi
reciti un rosario di addio.
Sterminatore di attese,
conosco il tragitto del tuo destino,
pago a caro prezzo la mia arguzia
dopo una compravendita poco redditizia.
Gli Angeli cantano soavi e lieti
l'anima mia oramai dipartita:
per questa mia pietà,
ti lascio alla vita,
a quel canto soave, bugiardo,
a quel canto che nasconde segreti.

Pierpaolo Mingolla

RICORDI

Ricordi quel giorno
In cima a quella collina?

I nostri occhi erano fissi
Persi nei nostri cuori.
Abbiamo corso contro il tempo
Annientato chiunque ci dicesse
Che il nostro amore era destinato a finire.
Non c'era confine che riuscisse a fermarci.

Come siamo arrivati a questo punto?
Come siamo arrivati a odiarci in modo così distruttivo?

Ti vedo...

Riesco a sentire il tuo cuore spezzarsi
Ma percepisco anche il tuo odio nei miei confronti.

Le tue ali sono spezzate come quelle di Lucifero
Il tuo cuore è andato in frantumi
Come una roccia che si scaglia contro un muro.

Ho perso e lasciato andare
La mia parte migliore con te
Nella speranza che possa proteggerti.
Ho riposto le mie armi
Affinché i tuoi mostri
Possano attaccarmi.

I miei ricordi volteggiano nell'aria
Pronti ad affrontare l'ultimo tramonto.
L'inverno è arrivato non solo nelle terre del Nord
Riesco a sentirlo sulla mia pelle.

Colgo l'occasione di un ultimo ballo
In compagnia della mia identità.

Perché se anche un cuore è fatto per essere spezzato
I miei ricordi stanno volteggiando nell'aria
In attesa del loro ultimo tramonto.

Cristian Segnalini

RICORDI

L'eco della vallata
risuona nei nostri occhi.
Il tempo oscilla nel suono
che rifugge dal cuore.
È finito l'amore.
Scricchiolano i battiti
Scoppiano!
Come quei carboni,
all'apparenza spenti,
coperti dalla cenere
ma ancora un po' roventi.
Non riusciremo più a volare.
Mi addentro nel sonno convalescente
che apre le porte dei tuoi spettri.
Va' via, cosa aspetti?
La mia pelle si veste
di un freddo irritante.
I ricordi hanno il colore
di un tramonto invernale.
Li guardo ondeggiare,
sulla punta delle dita
che cercano l'orizzonte.
Ballo, da solo.
Sono ciò che mi resta
del niente.

Pierpaolo Mingolla

INNOCENZA

Dei frammenti di vetro che scorrono nelle mie vene
È la sensazione che a volte sento di avere dentro
L'innocenza oggi sorride
Ma il domani è ciò che mi aspetta.

Più e più volte mi domandi
Ma come posso rispondere
A ciò che io stesso ho paura di conoscere?

A volte sento scivolare il mio essere
Ed è così difficile rialzarmi
Urlo, urlo a perder fiato
Ma nessuno riesce a sentire il mio grido
E queste parole
Sembrano essere le mie uniche soluzioni
O l'ancora di una luce di speranza.

A volte l'odio non è abbastanza
Ma lascio che tu possa farlo
Così da cancellare
Il tuo affetto per me.

L'inverno è ormai alle porte
E l'arco punta in alto nel cielo
Guidando i caduti
Affinché essi possano riposare.

È giunta per te l'ora di scappare
Dimenticarti dell'oggi e del domani.

Cogli questa occasione di fuga e scappa via
L'arco sta puntando in alto
In direzione dei caduti
Affinché essi possano riposare.

Lascio a te il veder sorgere un nuovo inizio
Perché se l'odio a volte non è abbastanza
Altre volte è l'unica speranza.

Cristian Segnalini

L'inverno è ormai alle porte
E l'arco punta in alto nel cielo
Guidando i caduti
Affinché essi possano riposare.

INNOCENZA

Domani è un fragile cristallo
che si rompe nell'incertezza di domande,
frammenti che si mischiano col sangue,
risposte a fuoco lento, carne e ansie.
Lentamente abbandono il mio essere
le corde vocali sono ragni a tessere
strilli sordi in teatri vuoti,
fioche luci di speranza
che diventano aceto.
Sono qui a implorarti: Odiami!
Le frecce del destino son puntate
Nell'alto dell'inverno siderale
proteggono l'eterno riposare.
Cogli l'occasione per fuggire!
Le frecce dell'inverno son scoccate
sento gli archi intonare per te
un'alba nuova che ti abbraccia.
L'odio è la mia speranza,
la custodisco nel petto,
un destino da tenere stretto
fino all'ultima goccia.

Pierpaolo Mingolla

FEDE

Benedetta sia la tua anima
Tu che hai perso la fede
E vivi all'ombra del tuo arco
Pronta al prossimo tiro.

Riesci a sentire quella sinfonia nella notte
Non appena socchiudi i tuoi occhi?
Sono tutte anime dannate
A cui hai dato la tua sentenza.

Bruceranno per sempre sotto il segno del tuo marchio?
Quanto dovranno ancora scontare la loro pena?

Arriverà quel momento in cui
Il tempo ti afferrerà per mano
E porrà la verità dinanzi ai tuoi occhi
E allora non ci sarà arco che potrà difenderti.

Ho impresso per molto tempo
Il ricordo di noi davanti ai miei occhi
Senza rendermi conto di vagare in strada
Trascinandomi come un contenitore di un corpo vuoto
Nella speranza che qualcuno là fuori
Potesse salvarmi.

È un qualcosa che non puoi prevedere
Accade e basta
Ma non è la fine.

Il mio cuore
È l'unica cosa che sta battendo
Ma non c'è nulla di sbagliato in me
Ma non è neanche ciò che avevo supposto di diventare
Una piccola ANIMA
Dispersa tra le righe delle sue stesse parole.

Cristian Segnalini

FEDE

Ascolta la mia preghiera,
mentre la notte serba un canto
che s'intona alla chiusura
dei tuoi occhi d'amianto.

Dannazione!

Che pena il tuo martelletto,
sentenza di queste anime
innocenti e anonime.

Giudice senza giudizio!

La verità si farà strada
e tu indifesa
verrai inghiottita
accettando la resa.
Ricordo il mio involucro
vagante senza meta,
schiavo di te
schiavo di noi.

Salvezza!

Il mio cuore vive,
cosa c'è di male?
La mia piccola anima vive,
vittima delle sue parole.

Pierpaolo Mingolla

Ricordo il mio involucro
vagante senza meta.

Schiavo di te
schiavo di noi.

NOTTE DI SETTEMBRE

Uno spiraglio di luce
È quello che sono riuscito a vedere
In quella notte di settembre
Quando tutte le luci si sono spente
E hanno lasciato spazio ai tuoi occhi.

Ho trattenuto per così tanto tempo
Ciò che mi logorava
Da averla fatta diventare una parte concreta del mio
essere.

So di aver versato sangue
Dove poteva sorgere un mare limpido
Graffiato la mia anima
Dove carezze potevano guarirla.

Riesci a capire ciò che intendo dire?

Vivo sulla scia della mia stessa devastazione
Respiro ossigeno nel fumo dei ponti che sono stati bruciati
Ma questa sera
Se tutti voi foste stati con me
Avremmo ballato sotto lo stesso cielo grigio.

Ho perso il conto delle volte in cui
Sono svanito nel nulla
Facendomi avvolgere completamente nel buio
Ma gridando
Ho solamente guidato molte più anime alla loro salvezza
Rispetto alla mia.

Riesci a vedere dove si nasconde?
Dove sta cercando la sua salvezza?

Le campane stanno suonando ancora una volta
La loro canzone di battaglia

Sotto questa pioggia
Nata per lavare via tutti i peccati.

Riesci a svegliarmi almeno per questa notte
Quando tutto questo sarà finito?

Cristian Segnalini

NOTTE DI SETTEMBRE

I tuoi occhi sono l'ultimo tramonto
che a settembre abbandona l'estate,
il finale dei fuochi artificiali
fotografie immortali, stelle e zolfo.
La mia anima era uno squarcio nel cielo,
sangue versato nella speranza di un nuovo mare.
L'hai lasciata a morire,
cullata dal suono delle tue unghie.
La solitudine mi ha chiamato a sé:
ho accettato il suo invito,
raccolto le ultime forze,
per lanciare un grido.
Quest'ancora di salvezza
sarà la mia rovina.
Questo grido di salvezza
ha dimenticato la mia pena.
La pioggia sconfina
verso campanili lontani,
richiamano la guerra
con lugubri rintocchi.
Svegliami, almeno stanotte.
Svegliami, ti prego,
alla fine di tutto.

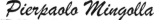

Pierpaolo Mingolla

VENTUNO COLPI

Ventuno colpi di pistola
Trafiggono il tuo cuore.
Una lacrima nera dal sapore amaro
È ciò che rimane del tuo amore.

Ti sei mai sentita mancare il fiato?
Soffocare fino a perdere i sensi?
Hai mai cercato un posto tranquillo dove nasconderti?

Il dolore pesa sul tuo orgoglio
Ti schiaccia fino all'ultimo giorno della tua speranza.
C'è ancora qualcosa per cui vale la pena lottare?

Questo è il momento di vivere
E lasciar morire allo stesso tempo.

Colpisci con i tuoi ventuno colpi
Ma sappi che sei in rovina
Riesco ancora a vedere
Come il tuo cuore piange un amore amaro.
Così come un bugiardo
Che chiede perdono predicando la menzogna.

Hai provato a vivere all'ombra dei tuoi peccati
Ma la tua fede
È sottile come uno spirito che vacilla al vento di una
tempesta.

Cristian Segnalini

VENTUNO COLPI

Ventuno sono i colpi
che trapassano il fumo,
che colpiscono il tuo cuore.
Quale liquido verserai
quando il macigno del dolore
ti opprimerà fino a svenire?
Qual è la ragione del tuo morire?
Hai un appiglio a cui poterti aggrappare?
Ventuno sono i colpi
che hai nelle dita.
Ventuno colpi in cerchio
rivolti ad uno specchio.
Il menzognero chiede pietà,
mal celando la sua verità.
Il tuo credo si spezza al vento
come un amore sospira al tormento.

Pierpaolo Mingolla

OMBRA E LUCE

Ombra e luce
Si alternano nella mia vita.
Voci sbiadite del tuo ricordo
Stanno prendendo il volo dentro di me.

Un chiaro di luna baciato
È ciò che rimane di noi.
Il mondo si distorce intorno a me.

Tutto ciò che ho sempre desiderato
Si riduce in polvere
In questo pazzo oceano chiamato destino.

Un'eco di memoria
È forse troppo poco per ciò che avrei voluto.
Per questo le mie parole
Sono come il sale sulla neve.
Difficili da ascoltare
Impossibile a cui credere.

Avvolto in senso antiorario
Ascolto il frastuono delle mie emozioni.
La verità è diventata una stella lontana per i nostri occhi.

L'alba di un nuovo giorno
Ci sta sussurrando il suo dolore
Ma il profumo del ricordo d'estate
È forse ciò che ne rimane.

Nei tuoi capelli
Disperdo ancora le mie mani
Rapito dal tuo sguardo
Danzo ancora una volta in questa magia.
Ma del ricordo di una vita
Al chiaro di luna baciata
È tutto ciò che ne rimane di noi.

Cristian Segnalini

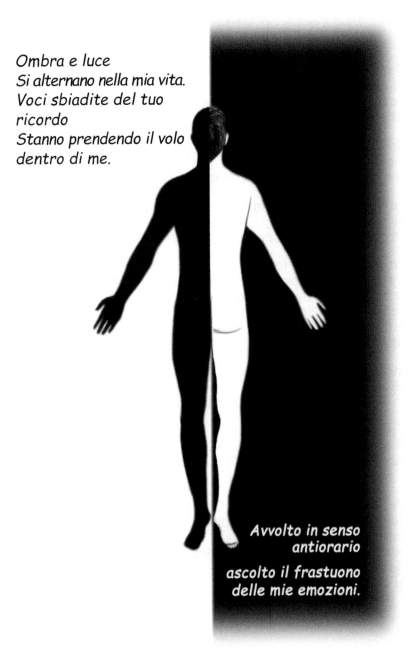

Ombra e luce
Si alternano nella mia vita.
Voci sbiadite del tuo
ricordo
Stanno prendendo il volo
dentro di me.

Avvolto in senso
antiorario

ascolto il frastuono
delle mie emozioni.

28

OMBRA E LUCE

Vivo la mia vita
lottando con i miei doppi.

I tuoi ricordi sbiadiscono
come la luna in certe notti.
Sconvolgo la realtà
con i miei stessi occhi:
senza volontà distruggo
qualsiasi cosa tocchi.
Queste rime di sangue e parole,
sono l'ultimo granello di sale
che chirurgico scioglie l'inverno.
La verità è una luce
che si confonde con le stelle
mentre il sole è un'alba nuova, ribolle
nel dolore di un ricordo estivo.
Ti osservo, schivo,
le mie mani scivolano nei tuoi capelli.
Sento il tocco dei tuoi sguardi,
ma di tutta questa vita, tra i ricordi,
resta un bacio e una luna.

Questo è l'unico doppio
che ci accomuna.

Pierpaolo Mingolla

PONTI BRUCIATI

Nuoto nel fumo dei ponti bruciati.
Il sangue delle mie ferite
Riempie la coppa dei miei peccati.

Ho provato a fare del mio meglio
Ma puntualmente tutto sembra essere sbagliato.

Provo a prendere quello di cui credo di aver bisogno
Ma sono così stanco da non riuscire a dormire.

La luce sarà la tua salvezza, ti dicono,
Ma qui tutto sembra cadere a pezzi
E il calore della luce
Infiamma le tue ossa.

Provi ad assaporare ogni attimo
Così da combattere quella voce stridula
Che ogni giorno tormenta la tua mente.

La luce sarà la tua salvezza, ti consigliano,
Ma puntualmente quel suo calore
Infiamma le tue ossa.

Così tante voci nella mia testa
Esse mi consigliano
Mi comprendono
Mi parlano
Ma solamente una sembra essere la mia salvezza.

Una linea sottile ne separa l'attimo dalle mie scelte.

Per troppo tempo ho cercato di nascondere una parte
di me
Che non posso vincere.
Continuo a tenere viva, forse,
Un'unica speranza.

Tutti abbiamo bisogno di credere
Ma tutto ciò sembra essere troppo stretto per me.

Varco la soglia del confine della vita.
Mentre il tempo ne delimita la via.
In queste promesse infrante
La mia volontà testa il mio cuore.

Cristian Segnalini

PONTI BRUCIATI

Sconvolgo il fumo e la nebbia
mentre la bilancia dei miei sbagli
è un calice pieno di sangue.
Ogni mio tentativo è un fallimento,
ogni mia necessità è un sonno mancato.
Assisto a una devastazione annunciata,
le tue ossa sono in preda a una combustione.
Maledetta quella luce che si accoda
al concerto dentro la mia testa,
personaggi accondiscendenti
che ascoltano ogni mia richiesta.
Siete realmente la mia salvezza?
Siete parte di me,
sono in disparte da me.
Quante sono le fatiche
che dovrò affrontare?
Quanti i dolori da accumulare?
Il mio petto
una sola speranza cova.
Povero cuore,
messo alla prova.
Povero dolore,
di volontà schiavo.

Pierpaolo Mingolla

UN MILIONE DI MIGLIA

Un milione di miglia lontano dalla realtà.
Sogni di cartapesta
Mi stanno avvolgendo
Fondendosi con la mia pelle.

Il mio corpo fluttua leggero nella stanza.
Immagini e stralci della mia vita passata
Scorrono velocemente
Così velocemente
Da diventare dei piccoli frammenti indecifrabili.

Ho corso per molto tempo
Nel tentativo di scappare lontano dal dolore
Ma ovunque andassi
Anche se a corrente alternata
Esso era sempre lì ad aspettarmi
Pronto per colpirmi nel mio momento di maggiore
debolezza.

Ho imparato nuovamente a camminare
Dopo aver passato anni
Strusciando sulle mie stesse ginocchia
E bagnando l'asfalto con le mie lacrime.

Molte mani mi sono state prostate
Ma non per rialzarmi
Bensì per spingermi ancora più a terra con la faccia.

Lotto per tenere vivo un momento alla volta
Il dolore non è più un mio nemico
Spesso ci sediamo e passiamo ore a parlare
Ridendo di tutte quelle povere anime
Che hanno fallito nel tentativo di sostituirsi a lui.

Cristian Segnalini

UN MILIONE DI MIGLIA

Quanto bisogna scappare dalla realtà
prima di essere divorati dai sogni?

Il mio corpo è una piuma sospesa
la gravità una vittima indifesa.
La mia vita è in fase di proiezione
frammenti impazziti di cellulosa.

Quanto bisogna scappare dalla realtà
prima di essere divorati dal dolore?

Il mio corpo è un frutto maturo
marchiato, annerito, sbucciato.
La mia carne e le mie lacrime segnano
il cammino della mia rinascita.
Il dolore è una sedia vuota
che mi fa compagnia a ogni tavolo.

Un pasto con un'inseparabile amica.

Sistemo con cura il bavero.

Pierpaolo Mingolla

Il mio corpo è una piuma sospesa

la gravità una vittima indifesa.

THE TIME

Ho seppellito ogni tuo peccato
Sotto la terra santa
Lavato via i miei peccati
E smascherato il tuo amore.

Ammetto che la strada verso una nuova rinascita
È stata lunga e tortuosa
L'aria intorno a me
Per molto tempo è sembrata fosse una gabbia eterna
Pronta a soffocarmi ad ogni mio spiraglio di luce.

Non posso nascondere le cicatrici che scorrono su
questo corpo
Ma rimango consapevole che ci sono cose che porterò
per sempre con me.

Sono sopravvissuto a così tanti tormenti
Che ormai i tuoi gesti e le tue indifferenze sono
diventati l'ultimo dei miei pensieri.

Ho passato giorni così gelidi e affamati di odio
Con la speranza che il mio SOS ti raggiungesse
Ma al contrario
Hai strappato l'ultima mia parte migliore
Con i tuoi artigli pieni d'odio e veleno nei miei confronti.

Non ho mai sostenuto di essere un santo
Ma tu puoi affermare di esserlo stato?

La morte della speranza
Ha punito ciò che è stato
Portando a ricordare il vissuto
Come un unico grande errore.

Cristian Segnalini

THE TIME

Le mie unghie nascondono la terra
dove ho sotterrato le tue colpe.
Ho chiuso nell'oscurità il tuo amore
sciacquandomi nelle tue lacrime.

Che fatica nascere di nuovo!

Nel grembo del mondo mi specchio,
scalcio senza sosta, picchio,
mi dimeno cercando quella luce
eludo il tormento che mi seduce.
Ieri, oggetto delle tue sevizie
Oggi, soggetto delle mie certezze:
i rimasugli della mia essenza,
i resti della tua guerra santa.
Non mi son mai dichiarato un pacifista,
ma tu, tu cosa pensi di tutto questo?
Voglio che tu almeno
per questa volta ti contraddica
ma di tutto ciò che amo, ora
è la speranza che muore, e onesta
mi confida col suo ultimo respiro
che la vita che abbiamo vissuto
è stata un grande sbaglio.

E tale resta.

Pierpaolo Mingolla

VANITÀ

Sai parlare la lingua di Venere
E sorridi, con fare assente,
Se un pretendente
Ti chiede di fiatare
Tra fumi di tabacco
E nuvole della buonanotte.
Ti osservo gonfiare le labbra,
Se non per succhiare il filtro
O ringraziare quel Boccadoro
Delle cortesi e loquaci parole.
Quando parli la lingua di Venere,
Col capo chino ritorni a sedere,
Ammicchi agli sguardi altrui,
Prometti, baratti baci, abbracci
A colui
Che ti scrive e ti parla
Ti abbraccia e baratta
Il cuore di carne
Con un cuore di latta:
Russo,
Comprato per strada,
Nel ghetto di fanghi e costumi,
Tra gli olezzi d'illeciti fumi,
E il mio passo, ovunque tu vada.

Pierpaolo Mingolla

VANITÀ

Parliamo lingue diverse
Il cuore ormai pulsa per impazzire
Scrivo perché a parole so di essere frainteso
Scrivo, perché altro non so fare

A volte,
Mi convinci di avere un cuore di latta
E nel cuore della notte
Tra fumi di tabacco
Mi prometti un baratto di baci e abbracci
Ed io a capo chino
Non so dire di no.

La tua lingua è una lingua di Venere
Una lingua affinata negli anni
Ti sorrido ma con fare assente
Ho un cuore di latta
Comprato per strada nel ghetto della mia città.

Cristian Segnalini

Tra i fumi di tabacco
Mi prometti un baratto di baci e abbracci
Ed io a capo chino
Non ti so dire di no.

L'OLIO DELLE FATE

Ungimi con l'olio delle fate,
Scivola con me nel burrone
Di piume; sei il mio timo, l'eucalipto,
Il contratto che mi lega al letto.

Illudimi ancora con i pendoli
Di carbone nero, ustionami!
Con i tuoi sguardi, lacerami!
Con le tue unghie, marchiami!

Elevami! Esaltami! Eccitami!
Lucida i miei sogni e viaggiamo.
Su campi elettrici, magnetici,
Le nostre voglie trasportiamo.

Lottatore nel fango, di notte,
Commentatore imparziale di giorno,
Perdonate l'ipocrisia, ma preferisco
Che le tentazioni non mi ronzino attorno.

Pierpaolo Mingolla

L'OLIO DELLE FATE

Ricordi il nostro incontro?

Ti chiesi di illudermi e di ustionarmi di Amore.
Ti chiesi di lacerarmi con i tuoi occhi verdi.
Ti chiesi di marchiarmi con le tue unghie
e il tuo essere femmina.

Ti chiedo perdono se non sono riuscito a nuotare nel
fango
Ti chiedo perdono se l'ipocrisia mi ha ucciso nel cuore
della notte.
Ti chiedo perdono se le tentazioni mi ronzano attorno
Ti chiedo perdono se Amo perdermi nel peccato.

I miei sogni viaggiano su campi elettrici
Ricoperti da carbone nero
Ho creduto di aver affidato la mia anima a una fata
Non sapendo della verità mitologica su di esse.

Cristian Segnalini

QUELLA PARTE DEL GIORNO...

Adoro quella parte del giorno,
In cui il cielo si tinge d'orzo
E le stelle sono lucenti cariossidi
Appuntate da poeti silenti.
Adoro quella parte del giorno,
In cui il vento soffia sonnambulo
Carezzando dolcemente il grano
Fremente come manto felino.
Adoro quella parte del giorno,
In cui i sogni vagano in processione,
Pregando sulle tombe dei ricordi,
Calcando le sfere delle penne.
Adoro quella parte del giorno,
In cui riesco a sognare.

Pierpaolo Mingolla

QUELLA PARTE DEL GIORNO

Sono un sognatore perenne
Perché non sto bene.

I miei sogni vagano in processione
Pregando sulle tombe dei ricordi
Ricordi dolenti che nascono calcando le mie stesse
parole.

Il vento soffia sonnambulo
Accarezzandomi in viso e ricordandomi della libertà
perduta.

I poeti silenti continuano la loro marcia
Pregando sulle tombe dei loro ricordi
Calcate dalle sfere delle loro emozioni.

Cristian Segnalini

CHE COSA RESTA DELLA NOTTE?

Un gallo si è svegliato a mezzogiorno,
Tramutato da volpe notturna.

Un trullo, anacoreta schivo,
S'immerge nei fanghi d'ulivo.

Un poeta lotta con il sonno
Mentre scrive l'ultima parola,
Rilega l'ultima strofa,
Ricalca il punto finale.

Una foglia scivola sul lago,
Pattinando sul ghiaccio,
Diamante lucente del parco.

Il cacciatore siede nella baita,
Osservando il silenzio dei seni
Che sprofondano giù nella valle.

Collane di luci giocano in città,
Sui gelidi balconi, spariti nella nebbia.

Un camino è soffocato
Da un amore che sibila
S'infiltra nelle orecchie
Una zecca nei pensieri
Una mano che ti stringe
Un bicchiere che si svuota
Un Garibaldi si addormenta
Tra le dita di vaniglia
Un bottone che si slaccia
Sotto una doccia di calore
Un tappeto di pelle incandescente

"Che cosa resta della notte?"
Un fuoco spento,
E poi niente...

Pierpaolo Mingolla

Un poeta lotta con il sonno
Mentre scrive l'ultima parola.
Rilega l'ultima strofa,
Ricalca il punto finale.

CHE COSA RESTA DELLA NOTTE

Parole e Sorrisi
Un Amore che sibila e lacera da dentro
Una mano che si stringe intorno al collo
Una zecca di pensieri che ti assorbe.

Osservo l'ultima parola scritta da Garibaldi
Mentre una foglia scivola
Posandosi molto dolcemente sul lago
Mentre un cacciatore miete la sua ennesima vittima.

Cammino su questa strada
Fatta di sogni infranti e camini soffocati
Mentre la mia mano ricalca il punto finale
Sull'ennesimo tentativo fallito
Di essere quel che non sono.

Cristian Segnalini

BANDITI ESTIVI

Non sono mica un ladro.

Ho rubato un bacio
Alle nostre labbra
Sotto i soli di giugno.
Non toccai più l'amore
E le mie labbra.
Andasti via e mi lasciasti
Scorrevi al finestrino di una corriera
Fumosa, polverosa e accalorata.
Riposasti le tue morbide membra
Su imbottiti sedili spugnosi
Intessuti di trame noiose
Scritte, deditamente recise
Mentre io, dall'andatura svelta
Riposavo tra le nubi gommose,
Trasformavo le strade noiose
In torrenti di gioia e di brame.
Ero passerotto vorace
Quando le tue labbra brillavano
Speravo di piluccare ogni ruga
Carnosa, brillante e succosa.

Non sono mica un ladro.
Lo siamo stati entrambi.
Tu mi hai rubato la tristezza.
Io ti ho rubato un bacio.

Pierpaolo Mingolla

Andasti via e mi lasciasti
Scorrevi al finestrino di una corriera
Fumosa, polverosa e accalorata.

BANDITI ESTIVI

Ho rubato l'ultimo bacio
Ad un noi che non è mai esistito.

I soli di giugno sono da sempre i miei preferiti
Mentre la città
Si tinge di anime pronte a dare sfogo ai loro pensieri
più profondi.

Mi hanno accusato di molte cose
Ma mai di essere un ladro di Amore
Da sempre sono più adatto alla figura dell'uomo
dannato e tenebroso.

Ho imballato emozioni che era meglio tenere nascoste
Ho regalato baci dal sapore amaro
Ho rubato tristezza dalle anime per farmene carico.

Riposo ora tra le nubi gommose
di questa noiosa città.

Cristian Segnalini

LUNGOMARE

Ho rastrellato il cielo
Con le nostre dita
Cucite a mano.
Dal ponte dell'orsa più grande
Si son tuffate nel corallo lontano.
Sulla distesa d'archi marini
Suonano i violini,
Trottano come cavalli i pentagrammi.
Una fine dipinta d'avorio
Ha bloccato la bava schiumosa
Fischiettando parole in libeccio
Di un amore coperto di iodio.
Ora tramontana,
Non romperò il quietar dei dossi marini
E dei coralli e degli archi
E delle bave e dei violini...

Pierpaolo Mingolla

LUNGOMARE

Ho rastrellato il cielo
Nel vano tentativo di salvarmi
Ho sentito i violini suonare la canzone
degli Angeli.

Ho osservato unicorni correre sull'arcobaleno e
trasformarsi nel figlio ripudiato da Dio.

Ho sentito che se vuoi invocare il figlio caduto
È meglio che tu abbia un letto su cui farlo riposare.

Una tramontana si appresta ad abbattersi su
questa città
Mentre gli Angeli
Si divertono nel disegnare il loro stupido
pentagramma.

Cristian Segnalini

INGORDIGIA

Quando il corpo muore di fame,
Placandosi in braccia sconosciute,
L'anima crogiola,
La cenere s'incrosta,
E i miei occhi caramellano
Distorcendo il tuo volto
Ogni volta che mi baci
Più in fondo.
Quando le mie labbra
Sono spinte nella burrasca
Vedo il suo volto
E ti prego, non rimproverarmi.
Non farlo, o smetterò
Per sempre di baciarti
E di baciarla...

Pierpaolo Mingolla

INGORDIGIA

Non so se posso aprirmi
Il mio corpo è già stato aperto molte volte
Come quando hai fame e cerchi di nutrirti dall'interno.

Non sono un regalo di compleanno
Sono aggressivo come un gatto quando
si deve difendere.

Il tuo volto inizia a distorcersi nella mia mente
Ogni volta il tuo bacio perde di sapore
E le mie labbra diventano velenose al tuo tatto.

Ti prego vai più in fondo
Colpiscimi come solo tu sai fare.
Siamo destinati o fatali?

Mi sento lapidato ma danzo su queste emozioni
L'anima crogiola e la cenere è la mia spiaggia.

Sono aggressivo come un gatto
quando si deve difendere
Sono il Mefistofele dei giorni nostri.

Cristian Segnalini

NUDITÀ SIBILANTI

Ti ho spogliato con le parole.

Ogni mio sussurro inalato
Era una mano
Che strisciava sui tuoi fianchi.
Non ti accartocciavi
Nei tuoi brividi acuminati.
Tra le pianure e le colline del tuo corpo,
Ero lucertola pigra, godevo del sole
E dormivo sotto la luna dei tuoi sguardi.
Mi aggrappavo ai raggi saldi
E nuda respiravi
Gli odori della notte.
Nel ginepraio delle nostre passioni,
Galleggiavi quieta, Oh! Mio fiore di loto,
E dal vascello circolare di una goccia di rugiada
Ti lasciavi trasportare.
Morbido di ogni tuo lineamento
Nei miei pensieri t'inarchi ed erompi
Dal labile fronte e guerreggi
Con gli atomi folli dei miei desideri.

Pierpaolo Mingolla

Ero lucertola pigra, godevo del sole
e dormivo sotto la luna dei tuoi sguardi.
Mi aggrappavo ai raggi saldi
e nuda respiravi
gli odori della notte.

NUDITÀ SIBILANTI

Mi spogli del mio essere con le tue parole
Ogni parola che mi sussurri
Mi scivola lunga il corpo
Graffiandomi e marchiandomi.

Mi pieghi in base al tuo volere
Non sei per me una prima visione
ma una replica.

Abbiamo messo in piedi una guerra
Ho galleggiato nei miei pensieri
Mentre nudo di ogni mio essere ti osservavo.

Le nostre passioni ci hanno trasportato lividi sul
nostro corpo
Cicatrici nelle nostre anime
Rendendoci un'arma da guerra.

Cristian Segnalini

ODE ALLA PUPA DI PEZZA

Ti conobbi di giorno
ma ogni giorno era notte.
Tra paralisi mimetiche
ero siepe tra i rovi.
Smorfie accentuate
mi avvolgevano le labbra.
D'acero le tue guance,
stinto il mio volto.
Com'è chiaro il fulgore
dei miei letti mentali.
Leonessa del sonno,
la tua criniera è velluto,
tessuto del mio guanciale,
dove fiuto (animale) l'amore.
Il tuo dolce ricordo
metterà a tacere
le mie voglie inusitate?
Aspetterò il capo ricciuto,
lento, assertivo, dal cielo in giù,
che mi dia il consenso laudato,
e che ogni tuo brandello di pelle
venga amato...

Pierpaolo Mingolla

ODE ALLA PUPA DI PEZZA

Il giorno e la notte si sono confusi tra di loro
Il nostro incontro era disegnato e voluto
dal divino.

Il tuo dolce ricordo mi ricopre di stupide emozioni
La tua criniera di velluto mi folgora
E le tue guance d'acero
Accendono una voglia di morderle come una mela rossa
Caduta non troppo lontano dal suo albero.

La strega ha incantato il suo frutto
E lo ha raffigurato in te.

Sei il mio peccato primordiale che rende confuse
le mie giornate
Bramo ogni angolo del tuo corpo
Fino a rimanerne completamente paralizzato dal
desiderio.

Cristian Segnalini

BREVITÁ

Volano farfalle in cielo,
foglie rosse di un autunno alle porte,
anime vive, persone già morte,
destino comune quest'unico stelo.

Dolce amarezza di vecchi trascorsi,
giunto alla soglia della tua gioventù,
tempo certo ormai non c'è più:
una vita vissuta a piccoli sorsi.

Pierpaolo Mingolla

BREVITÀ

Cadono foglie di un autunno malato
Che anime vivono calpestate senza pensiero.

I vecchi trascorsi volano via con esse
Per molti la gioventù è svanita
Per altri è alle porte.

C'è un tempo per pensare alla vita
E un tempo per rivivere i trascorsi.

Cristian Segnalini

Biografia

Cristian Segnalini

Cristian Segnalini è uno scrittore, imprenditore, marketer online e fondatore delle case editrici "WritersEditor" e Viversi Edizione. Diplomato e con diverse esperienze lavorative, dal 2011 è attivo continuamente nel mondo dell'internet marketing, riuscendo ad imporsi in poco tempo prima come scrittore, pubblicando oltre 10 opere tra cui *Verso i nostri sogni, Aforismando, L'inizio di una fine, Verso i nostri sogni 2, James Hammond. Il mondo dei sogni infranti, Libero scrivendo, Anima d'inchiostro, Change Is Life, L'editoria oggi - Ebook ufficiale della WritersEditor* (bestseller ufficiale su Amazon) e *¡Bis!* e successivamente fondando la sua prima azienda, una casa editrice: la WritersEditor.

Applicando quanto imparato per riuscire ad emergere, in breve tempo la WritersEditor risulta una casa editrice efficace e moderna, ricevendo continui premi e riconoscimenti dalle proprie opere pubblicate +20 ed oltre 15 bestseller ufficiali su Amazon.

Biografia

Pierpaolo Mingolla

Pierpaolo Mingolla è uno scrittore, fisarmonicista e cantautore pugliese classe 1993. Nel suo curriculum artistico spiccano numerosi premi letterari conseguiti a livello nazionale. Il 2013 è l'anno della sua prima pubblicazione come autore con *La penna è la mia voce*; nel 2016 torna artisticamente con la sua fisarmonica sulle scene musicali pugliesi, portando avanti svariati progetti musicali con tributi ai grandi cantautori italiani.

L'intensa attività musicale funge da ispirazione per il progetto solista di "CEDRO", che nel 2017 trova la sua personale forma espressiva caratterizzata da sonorità prevalentemente acustiche e da un linguaggio spiccatamente poetico.

Nel settembre del 2020 pubblica il suo primo EP intitolato *Fiorire, sfiorire*. Nello stesso anno stringe rapporti di collaborazione con la "WritersEditor" dell'imprenditore Cristian Segnalini, che porta alla luce la pubblicazione dell'ebook gratuito *Gocce*.

¡Bis! segna il ritorno di Pierpaolo in veste di autore e rappresenta il dualismo per eccellenza, la magia della poesia, le emozioni capaci di unire due anime artistiche a distanza.

www.shopwriterseditor.it
direzionewriterseditor@gmail.com

Finito di stampare nel mese di Aprile 2021
per **WritersEditor** - Roma

Printed in Great Britain
by Amazon